Henri BOURETTE

LE SILO

POÈME

CAHORS

J. GIRMA LIBRAIRE-ÉDITEUR

F DELPERIER, TYPOGRAPHE

1880

LE SILO

POÈME

16|2|

Tiré à 100 exemplaires.

HENRI BOURETTE

LE SILO

POÈME

CAHORS

J. GIRMA LIBRAIRE-ÉDITEUR

F DELPÉRIER, TYPOGRAPHE

1880

AVANT-PROPOS

———

Je composai ce petit poème à la fin de l'année
1868, à Mascara, en Afrique. Ce fut d'abord une
composition informe, écrite d'un seul jet, sans
la moindre préoccupation littéraire. Plus tard je
l'élaborai sérieusement sans altérer ma première donnée, évitant surtout d'affaiblir par les
retouches la première inspiration qui est toujours la meilleure. Les épreuves manuscrites
furent recopiées à profusion et tiennent une
large place dans le recueil de chansons que
tout militaire porte dans son bagage comme
un ecclésiastique porte son bréviaire. Pas n'est
besoin de dire que les plagiaires en firent gorge
chaude, variant à leur gré mon simple récit, le
chargeant de détails inutiles, détruisant l'har-
monie du vers, tantôt en lui brisant un pied,
tantôt en lui en donnant jusqu'à trois de plus:
l'agrémentant de hiatus et de chevilles, comme
pour prouver naïvement qu'ils étaient dans
l'ignorance la plus absolue des règles prosodi-

ques, et cela m'est arrivé, du reste, pour toutes
mes poésies, jetées çà et là à tous les vents,
disséminées, abandonnées par moi avec une
insouciance, une négligence, un désordre dignes
des plus grands éloges !

Il ne faudrait pas voir dans le récit qu'on va
lire la moindre attaque contre l'armée ou la
discipline. Mon héros parle sous l'impression
immédiate d'un châtiment rigoureux, néces-
saire peut-être dans certains régiments d'Afrique ; mais qui, on me l'a assuré, n'existe plus
aujourd'hui, grâce à la clairvoyance et à la
justice de l'autorité militaire supérieure. Ce
poème n'est donc qu'un souvenir bon ou mau-
vais ; ce sont des vers bien ou mal tournés, une
narration bien ou mal conduite : voilà tout ; rien
de plus.

H... B...

LE SILO

. Maitre, le sens de ces paroles
me semble dur?

DANTE.   (L'Enfer)

I

Un repas de famille auprès du feu s'apprête :
Une femme sur l'âge, attentive, inquiète,
Jette par intervalle un regard indécis
Sur un vieillard rêveur a côté d'elle assis.
Ce sont les deux époux; âmes tendres, bien nées,
Se souriant encore au déclin des années.
Pourtant ils ont marché dans ces rudes sentiers
Où la ronce jalouse étouffe les rosiers,
Sous ce ciel inconstant où le matin rayonne
Le soleil, où le soir l'ouragan tourbillonne.
Lui, grand chêne éprouvé, mais vigoureux encor
Semblable à ces vieillards qui charmaient l'âge d'or ;
Elle, faible liane, à son ombre abritée,
Et par les vents du Nord comme lui tourmentée.

Ils attendaient leur fils depuis un mois entier.
Et ce soir justement sonnait l'anniversaire
Où leur unique enfant s'arrachant au foyer
Etait parti, brillant et jeune, pour la guerre.

Ils pleurèrent longtemps car ils n'avaient que lui :
A leur âge ils avaient besoin de son appui,
Sa mère bien souvent contempla, l'œil humide,
La chambre solitaire et le lit froid et vide,
Et le livre où son front se penchait studieux,
Et tant d'autres témoins, depuis silencieux !

Vers la sixième année on manqua de nouvelles.
Qui peut dire quel glaive aux atteintes cruelles
L'Incertitude sombre enfonce au fond du cœur ?
Etait-il prisonnier, ou mort, ou déserteur ?

Enfin un gai soleil dissipa ce nuage :
Une lettre arriva, laconique message,
Où le cher exilé, libre de ses liens,
N'écrivait que ces mots : attendez, je reviens.

II

Ainsi de le revoir désormais prévenue
Sa mère tous les soirs préparait sa venue...
Ce soir là, bon souper, bon lit, feu bienfaisant,
Etaient prêts à fêter le retour de l'absent.
On avait retiré de l'armoire si grande
Les draps blancs parfumés de thym et de lavande ;
Quelques couverts d'argent à table furent mis :
D'antiques chandeliers longtemps ensevelis
Sous une gaze fine, en festons terminée,
Ornaient étincelants, la haute cheminée :
Dans l'ombre un Christ d'ivoire, un petit bénitier
Semblaient les talismans de ce simple foyer.

Tandis que la maison s'agitait préparée
Au retour du soldat, froide était la soirée.

L'âpre vent de l'automne au dehors se plaignait
Et rendait plus joyeux le feu qui babillait.
Souvent, femme et mari se parlaient à voix basse :
La mère à tout instant marchait ; changeait de place,
Ecoutait à la porte, et d'un œil inquiet
Regardait par la vitre où son front s'appuyait.
L'époux, dont un reflet de la lampe mobile
Dorait avec douceur le visage débile,
Distrait en apparence à tout ce tendre émoi
Méditait sur un livre — une bible, je croi.
Un grand chien se chauffant à la flamme vermeille,
Attentif, l'œil luisant, et relevant l'oreille,
Au moindre bruit dans l'air dressait son museau brun,
Comme s'il eût compris qu'on attendait quelqu'un.

Soudain un coup sonore a retenti — l'on frappe...
On écoute anxieux — Le chien s'élance et jappe.
Le vieillard veut parler et demeure sans voix,
Le livre qu'il lisait s'échappe de ses doigts.
La mère, qu'un instinct secret saisit et brise,
Veut faire quelques pas et puis retombe assise ;
De sa lèvre tremblante un cri sort comme un trait...
Et, pâle sur le seuil, un étranger paraît.

III

Il paraît triste — grave — Est-ce un spectre ? un fantôme ?
A bien l'examiner on doute s'il est homme.
Il paraît tout courbé sous un sac de soldat
Ainsi qu'un mendiant que la misère abat.
Les rides ont couvert le front, le coin des lèvres.
Hélas ! qu'on reconnaît de tourments et de fièvres
Dans le cercle livide et profond de ces yeux,
Dans cette maigre joue et sur ces blancs cheveux :

Et pourtant c'est bien lui ! — cette femme qui serre
Ce soldat dans ses bras n'est pas une étrangère ;
Malgré ces traits creusés, ce visage flétri,
Tout son cœur a crié : Jésus ! voilà Henri,
Voilà mon fils ! Eh quoi tu nous reviens une ombre ?
Quels chagrins sur ta face ont mis ce masque sombre ?
Tu ne me souris plus hélas ? comme autrefois ;
Etrange est ton regard et tu parais sans voix ;
Mais tu reconnais bien ta mère ? ton vieux père ?
Parle ! l'air du foyer ranime et régénère !
Le passé n'a-t-il plus dans ton âme un écho ?
Qui donc t'a fait ainsi ?

                                        — Ma Mère, le Silo.

I V

Il jeta loin de lui son havre-sac, ses hardes,
Et s'assit près du feu — sous des clartés blafardes
Sa tête s'accusait plus énergiquement.
Sa main pendait — Le chien la léchait doucement —
Il contemplait d'un œil vague, mélancolique,
Tous ces moindres objets du foyer domestique
Au souvenir du cœur toujours représentés,
Et si doux à revoir lorsqu'on les a quittés :
L'alcôve où tout enfant on dort près d'une mère ;
Le portrait de l'aïeul, usé, poudreux, sévère,
Qui semble prendre part dans son grand cadre noir
Au cercle de famille, aux lectures du soir.
Et quand il eût fixé tous les meubles en fête,
Remué jusqu'à l'âme, il détourna la tête :
— C'est donc pour moi, dit-il, tous ces apprêts joyeux ?
Pour moi !

            Des pleurs de sang roulèrent dans ses yeux :
Contre son large front tenant ses mains pressées,

Il semblait accablé d'un fardeau de pensées.
Des soupirs s'échappaient de sa poitrine en feu ;
Un seul mot palpitait sur sa bouche : — mon Dieu !
Mais qui le torturait ainsi ? — Quoi ! sept années
N'avaient donc rassemblé que des feuilles fanées ?
N'avait-il rapporté des rivages lointains
Qu'une santé flétrie et des rêves éteints ?
Hélas ! ce bonheur vrai, de la plus pure essence,
Que l'on rêve toujours après la longue absence,
Qu'avec tant de sanglots vous avez attendu
Et qu'on retrouve enfin après l'avoir perdu,
Ces idoles du cœur si longtemps égarées
Et qui viennent à vous plus fraîchement parées...
Tous ces trésors sans prix, tous ces biens d'ici-bas,
Etaient-là devant lui comme s'ils n'étaient pas !...

Interrompant enfin cette attitude austère :
— Quel est ce mot étrange, un Silo ? dit la mère.

— Un Silo ?... soit, dit-il, je vous avouerai tout ;
Si le Ciel me permet d'arriver jusqu'au bout.
Car je sens mes poumons haleter, je m'épuise
A lutter contre un mal qui m'étreint et me brise ;
Helas ! vous saviez !... mon sang est appauvri
Au point qu'autour de moi flotte un voile assombri ;
De sourds bourdonnements résonnent sous ma tempe...
Mon front lourd est brûlant... c'est peut-être la lampe
Qui m'éblouit ainsi de ses jets lumineux...
Oh ! je ne vous vois plus... êtes vous là tous deux ?

Nous sommes là, Henri, répond la pauvre femme,
Nos cœurs sont près du tien. Courage ! ma chère âme,
Va nous t'accablerons de tendresse et de soin
Pèlerin désolé qui reviens de si ioin !

Avec l'aide d'en haut tu guériras bien vite ;
Un doux repos t'attend sous le toit qui t'abrite ;
Des horizons meilleurs devant toi vont s'ouvrir
Nous te verrons heureux.

      — Vous me verrez mourir.
Ne pleurez point, il faut vous faire à cette idée :
Entre le ciel et moi c'est chose décidée.
Eh bien, j'ai tant souffert que je dirai : Merci.
Ecoutez maintenant ce qui m'a fait ainsi :

— Le Silo... c'est un trou de forme circulaire
Que dans les camps d'Afrique on creuse dans la terre ;
Etroit à l'orifice et large par le fond :
Tantôt brûlant, tantôt glacé — sombre, profond.
Une trappe sinistre, une gueule béante
Qui saisit une proie et l'engloutit vivante !
Un cercle ténébreux où l'homme jeté seul
Semble un mort oublié, sans croix et sans linceul ;
Car on vous descend là de la même manière
Qu'au profond du sépulcre on descend une bière.

— Quoi ! cria le vieillard, n'exagères-tu pas ?
. . . .
Qui donc ose créer un droit de préséance
Pour hâter de la mort l'inflexible échéance ?
Seigneur ! mettre en un trou, dans l'ombre d'un caveau,
Ceux qui doivent mourir à l'ombre du drapeau !
Et pas un cri d'appel, comme un poignant qui vive !
En traversant la mer vers nos foyers n'arrive !
La Méditerranée, en agitant ses flots,
Couvre-t-elle les cris qui sortent des Silos ?

— Vous dites vrai, mon père — et cependant des hommes
Entrés là vigoureux, en sortent des fantômes ;

Là j'ai longtemps souffert, là j'ai longtemps pleuré :
Tantôt je demeurais immobile, égaré,
Les bras croisés, l'œil fixe et la prunelle ardente,
Et tantôt je tournais dans ce cercle du Dante,
Comme ce prisonnier qui creusait un sillon
Autour du vieux pilier du cachot de Chillon...
Pardonne, ô grand martyr, si je mêle sans crainte
Ma profane douleur à ta douleur si sainte !
Je n'ai pu comme toi souffrir avec fierté,
Rendu fort par ces mots : Patrie et Liberté !
J'étais seul, oublié dans un réduit immonde ;
J'avais soif, j'avais faim. La nuit, lorsque la ronde
S'approchait du Silo, des groupes curieux
Se penchant sur le trou passaient silencieux.
Jamais le doux sommeil, ce voile salutaire
Où viennent s'assoupir les chagrins de la terre,
— De la pitié céleste œuvre pleine d'amour,
Offerte comme un baume aux fatigues du jour,
Ne vint, pendant longtemps, de son aile bénie,
Chasser les noirs ennuis de mon âpre insomnie.
Bientôt je perdis tout, souvenir, sentiment ;
Dévoré par la fièvre et par l'isolement,
Dans le coin le plus noir de l'argileuse alcôve,
Je restais accroupi comme une bête fauve.
A de certains moments, j'ignorais en effet
Si j'étais homme, ainsi que le ciel m'avait fait.
Qui m'eût vu me traîner à deux mains, dans la boue,
Sans un débris de paille où reposer ma joue,
Et blotti quelque part ainsi qu'un pauvre chien,
Sans mentir à son âme, eût douté d'un chrétien !

Un jour je fus malade, on vient, on m'examine
Par le haut du Silo : — Mais il a bonne mine,

Dit-on, sans hésiter ; cet homme est un menteur !
Le soir, au bord du trou, j'entends une rumeur :
Une voix forte dit : Commencez les cascades !
Il faut de temps en temps rafraîchir les malades ;
C'est l'hydrothérapie... un système parfait !
Qui produit sur les nerfs un merveilleux effet !
J'écoutais ahuri — soudain l'eau se déverse
Et tout autour de moi croule comme une averse !
En vain je me démène et je crie, à grands flots
L'eau perçant mes habits me glaçait jusqu'aux os,
Je pleurais, je riais, comme on rit dans ce gouffre
Où le damné se tord dans sa fosse de soufre...
Vous pâlissez, ma mère...

     Arrête un seul moment :
On est faible à mon âge... un affreux battement
Me secouait le cœur... il se calme, j'écoute.

Hélas, mon pauvre enfant, que ce récit nous coûte,
Dit le père navré, quoi, dans ce lieu maudit
Tu n'as donc pu trouver un instant de répit.. ?

Un jour, dit-il, je crus qu'attentif à ma plainte
Le ciel de ma douleur adoucissait l'étreinte :
Par un matin d'hiver, de brume tout rempli,
Au fond de mon Silo j'étais enseveli,
Un tout petit oiseau, frêle, à l'aile bleuâtre,
A demi-mort de froid à mes pieds vint s'abattre.
Arraché tout à coup à mon affreux néant,
Je regardais l'oiseau tombé du trou béant :
— Oh ! le pauvre petit, d'où vient-il, me disais-je ?
Peut-être qu'emporté par le vent et la neige,
Il n'a pas sû trouver, seul, privé de ciel bleu,
Ce grain toujours laissé par la main du bon Dieu ;

Eh bien, reste avec moi, sois mon ami, mon frère,
Sois un rayon joyeux dans ma sombre misère !
Je pris le petit être, et. d'un souffle puissant
A mes poumons glacés rappelant tout mon sang,
J'échauffai le mourant sous ma débile haleine ;
Après beaucoup de soins délicats et de peine,
Il revint à la vie, et sa jeune chanson
D'un éphémère écho vint ravir ma prison.
Sa grâce, ses ébats légers, sa petitesse,
Tout enchantait mes yeux et chassait ma tristesse :
A tout heure il venait becqueter dans ma main
Ce qui pouvait rester de mon morceau de pain.
Une nuit, imprudent, je l'écrasai dans l'ombre !
Ce fût par un hasard inexplicable, sombre,
Et le matin on vit dans le fond du caveau
Un homme qui pleurait sur un petit oiseau.

Depuis ce jour, je suis resté morne, stupide,
Ecrasé de silence, enveloppé de vide ;
J'étais comme cloué dans un cercueil. — Enfin
J'avais croisé mes bras et j'attendais la fin...
Cependant.....
Ils me dirent un jour : Allez, vous êtes libre.
Libre ? à peine sorti, je vis sur mon chemin
Un squelette aux aguets qui me tendait la main. .
J'ai fini — maintenant rapprochez-vous mon père,
Rapprochez-vous tous deux... voici l'instant austère
Où tous deux vous devez, grands et forts devant Dieu,
Prendre mon dernier souffle et mon dernier adieu...
Ma mère, calmez-vous... oh ! c'est un bien suprême
De s'endormir encore auprès de ceux qu'on aime !
Ou courez-vous ?... restez.,. ne suis-je pas heureux
De m'en aller là-haut regretté par vous deux ?

Dieu juste, maintenant arrêtez sur ma bouche
La sanglante ironie et l'insulte farouche !
L'heure sonne... elle vient... ah ! démons de l'Enfer,
N'avoir pu se briser dans la poudre et le fer,
Dans le choc furibond de deux grandes armées,
Dans les éclairs tonnants des luttes enflammées !
Soutenez-moi... j'étouffe... écoutez un écho
Qui vibre autour de moi... le Silo !... le Silo !

Il cessa de parler. — D'une pâleur affreuse,
Sa tête retomba sur sa poitrine creuse.
Il parut s'endormir. — Tout à coup se dressant,
Tandis qu'à son visage affluait tout son sang,
Les poings hauts et crispés, menaçant et livide,
Il semblait défier un spectre dans le vide ;
Comme il allait tomber sa mère le reçut
Tout entier sur son cœur... et c'est là qu'il mourut.

Quelques moments après, pâle, silencieuse,
Une femme allumait la funèbre veilleuse,
Et lorsqu'aux blancs rideaux le jour mit un flot d'or
Au chevet de son fils elle pleurait encor.

Mascara 1868.

Cahors, Impr. F. Delpérier

www.ingramcontent.com/pod-product-compliance
Lightning Source LLC
Chambersburg PA
CBHW061747180626
46818CB00006B/2788